INHALT

21. Erzählung	Geki – Streit	5
22. Erzählung	Ratsu – Verschleppt	35
23. Erzählung	Saku – Suche	65
24. Erzählung	Ou – Täuschung	91
25. Erzählung	Ton – Heiß	117
26. Erzählung	Hen – Verwandlung	147

CARLSEN COMICS
Deutsche Ausgabe/German Edition
1 2 3 4   05 04 03 02
© Carlsen Verlag • Hamburg 2002
Aus dem Japanischen von Antje Bockel
Tenchimuyo! Ryououki vol. 4
© Hitoshi Okuda © AIC/PIONEER LDC, INC. 1996
Originally published in Japan in 1996 by
KADOKAWA SHOTEN PUBLISHING Co., Ltd..
German translation rights arranged with
KADOKAWA SHOTEN PUBLISHING Co., Ltd.,
Tokyo through TOHAN CORPORATION, TOKYO.
Redaktion: Jonas Blaumann und Dirk Rehm
Lettering: LetterFactory, Herstellung: Winnie Schwarz
Druck und buchbinderische Verarbeitung: Nørhaven A/S (Viborg/Dänemark)
Alle deutschen Rechte vorbehalten
ISBN 3-551-75554-X
Printed in Denmark

www.carlsencomics.de

21. Erzählung: Geki – Streit

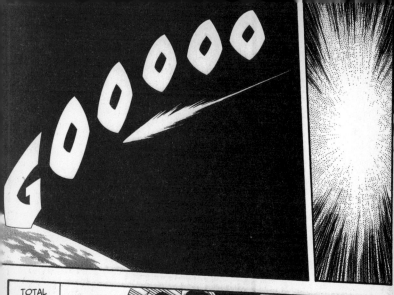

HM?

WOHER KOMMST DU?

HIER! WASSER!

AUF DER ERDE!

WO... WO BIN ICH?

SEID BEDANKT FÜR EURE FREUNDLICHKEIT!

RYUUTEN IST 0,4 PARSEC VON JURAI ENTFERNT UND MIT JURAI DER EINZIGE PLANET, DER DIE UMWELT BESITZT, UM RIESENBÄUME ZÜCHTEN ZU KÖNNEN.

IHR NAME IST ASAHI TAKEBE. SIE IST DIE EINZIGE TOCHTER DES HOLZSCHNITZERS TAKEBE AUS RYUUTEN, EINEM PLANETEN UNTER JURAIANISCHER VERWALTUNG.

AUSSERDEM IST RYUUTEN DER KURORT DES KÖNIGSHAUSES VON JURAI, SO HIELTEN AUCH SASAMI UND ICH UNS VON ZEIT ZU ZEIT DORT AUF.

DU, O-NEE-SAMA, WER IST DAS MÄDCHEN DA?

ALS WIR SIE DAS ERSTE MAL SAHEN, WAR ASAHI EIN SCHÜCHTERNES KIND.

SAG »GUTEN TAG«!

LOS, ASAHI!

PHYSISCHES ALTER: 4 JAHRE

ICH BIN SASAMI! FREUT MICH!

PHYSISCHES ALTER: 6 JAHRE   18 JAHRE

* ANI = ÄLTERER BRUDER; DESHI = SCHÜLER EINES MEISTERS

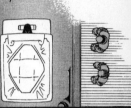

KURZ BEVOR IHR MEISTER HOURAN-SAMA STARB, RIEF ER MEINEN VATER UND TATETSUKI-SAMA ZU SICH UND BESTIMMTE MEINEN VATER ZU SEINEM NACHFOLGER.

TATETSUKI-SAMA WAR ÜBERZEUGT, ER SELBST WÜRDE DIE NACHFOLGE ANTRETEN.

SEINE ENTTÄUSCHUNG WAR GROSS, UND DANN HÖRTE MAN EINE WEILE NICHTS MEHR VON IHM...

KURZ DANACH WURDE MEIN VATER VERSCHLEPPT.

... BIS EINES TAGES, DA KAM ER ZURÜCK. ER WURDE VON DREI UNHEIMLICHEN PERSONEN BEGLEITET.

GENAU, »PLATSCH« ...!

...UND SO BIST DU AM ENDE DEINER FLUCHT, »PLATSCH«, IM TEICH GELANDET, ODER?

ICH MACHTE MICH AUF NACH JURAI, UM HILFE ZU HOLEN, DOCH DIE WEGE WAREN VERSPERRT, UND ALS ICH KEINEN AUSWEG MEHR WUSSTE, TRAF ICH AUF MINAGI-SAN...

* RUFNAME DES FÜRSTEN MITSUKUNI TOKUGAWA

22. Erzählung: Ratsu – Verschleppt

* FIGUR AUS DER SERIE MITO KOUMON, GUT AUSSEHENDER, CLEVERER SPION

TAKEBE VERSCHWAND, GEPLAGT VON GEWISSENS-BISSEN WEGEN DES VERBRECHE-RISCHEN MEISTER-MORDES...

IHR WART TAKEBES SCHÜLER!?

SLAPP

... ABER JETZT WERDET IHR MIR ERZÄHLEN, WIE IHR VON DIESEM ORT ERFAHREN HABT!

ER WAR NICHT UMSONST MEISTER HOURANS BESTER SCHÜLER.

FÜR SEINE FIGUR IST ER GANZ SCHÖN SCHNELL!

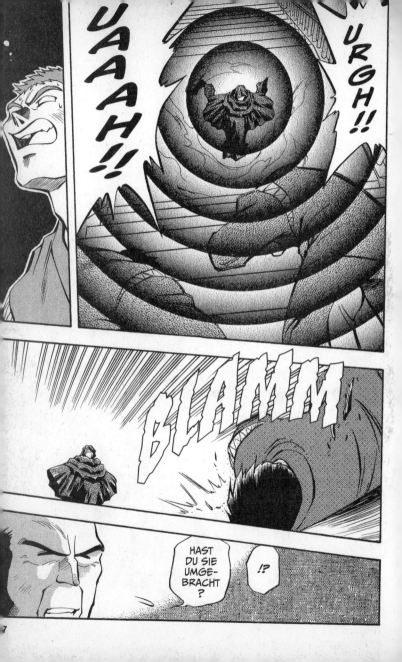

ER BENÖTIGTE DIE »GEHEIMSCHRIFT«, UM DIE NACHFOLGE DER »HOU-DYNASTIE« ANZUTRETEN UND DIE MACHT AN SICH ZU BRINGEN.

DIESE WÜNSCHTE SICH TATETSUKI.

UNTER DEN HANDWERKERGILDEN WIRD DEN HOLZSCHNITZERN ALS PRIVILEGIERTEN HANDWERKERN ABSOLUTE MACHT EINGERÄUMT.

SCHARFER SENF, GRÜNER MEERRETTICH UND TABASCO

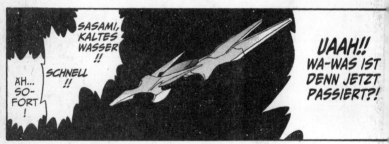

FÜRS ERSTE ERLEICHTERT, DASS ASAHI IHR TENCHI NICHT WEGNIMMT

MUSHIMA

ANTI-STORLEVEL FÜR EXPLORER

23. Erzählung: Saku – Suche

EIN TABLETT

OBER-
RAGEND!

...

WAHR-HAFTIG ...

... ICH HATTE SCHON EWIG KEINE EBENBÜRTIGEN GEGNER MEHR.

YATSUKA

PLANET IN JURAIS HERRSCHAFTSGEBIET

DIESER PLANET (LIEGT ETWA AUF HALBER STRECKE ZWISCHEN ERDE UND RYUUTEN) IST BEKANNT FÜR SEINE REICHEN MINERALIENVORKOMMEN.

DORT LANDETEN TENCHI UND SEIN ANHANG...

ZIEMLICH EINLADEND HIER, FINDET IHR NICHT AUCH?

JA, IN DER TAT...

VIELEN DANK, MIHOSHI...

...FÜR DIE »TRAUMHAFTE« ZWISCHENLANDUNG!

KEINE URSACHE, RYOKO-SAN!

BITTE LOB MICH NICHT AUERND!

WIE KOMMEN UNSERE HELDEN BLOSS IN DIESE EINÖDE?

IIEEKS!

DENK GEFÄLLIGST NACH!

WER LOBT DICH DENN HIER?!

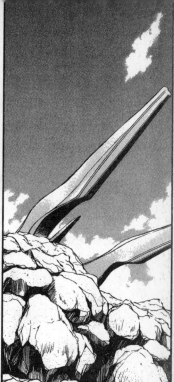

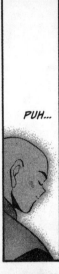

25. Erzählung: Ton – Heiss

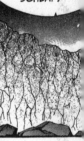

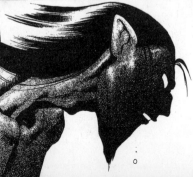

ICH...

... ICH BIN BESIEGT!

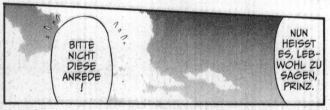

NUN HEISST ES, LEBWOHL ZU SAGEN, PRINZ.

BITTE NICHT DIESE ANREDE!

VOR LANGER ZEIT SOLL EINER MEINER VORFAHREN, EIN WAFFENSCHMIED, EINEN KRIEGER VON EINEM ANDEREN STERN GETROFFEN HABEN.

KEINE URSACHE. ABER WOLLT IHR ... MIR WIRKLICH DIESES SCHWERT ...

ICH DANKE EUCH VON HERZEN!

DANK EURER HILFE KANN ICH MEINEN ENKEL IN DIE ARME SCHLIESSEN.

VON DIESEM ZEITPUNKT AN WURDE MEIN VORFAHR ALS GROSSER WAFFENSCHMIED ANGESEHEN.

DIE BEIDEN GLEICHGESINNTEN BEGRÜNDETEN AUFGRUND IHRER GEMEINSAMEN ERFAHRUNGEN UND KENNTNISSE EINE HÄRTUNGSMETHODE FÜR EXTREM WIDERSTANDSFÄHIGE SCHWERTER.

KRIEGER UND WAFFENSCHMIED... AUCH WENN IHRE WEGE UNTERSCHIEDLICH SIND, SO TEILEN SIE DOCH DIE LEIDENSCHAFT FÜR SCHWERTER.

JA, ABER DANN MÜSST IHR ES BEHALTEN...!

GOUKEI WIRD SICH IHNEN ANSCHLIESSEN.

UND DAS IST DIESES SCHWERT...

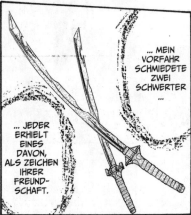

...MEIN VORFAHR SCHMIEDETE ZWEI SCHWERTER...

...JEDER ERHIELT EINES DAVON, ALS ZEICHEN IHRER FREUNDSCHAFT.

DANN KAM DER TAG DES ABSCHIEDS...

»EIN SCHWERT WIRD ERST ZUM SCHWERT, WENN ES GESCHWUNGEN WIRD. WENN DERJENIGE ERSCHEINT, DER DIE WAHRE KRAFT DIESES SCHWERTES HERVORBRINGEN KANN...«

MEIN VORFAHR PFLEGTE ZU SAGEN...

26. Erzählung: Hen – Verwandlung

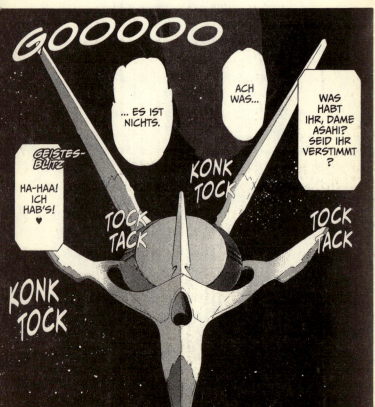

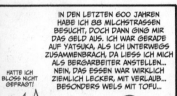

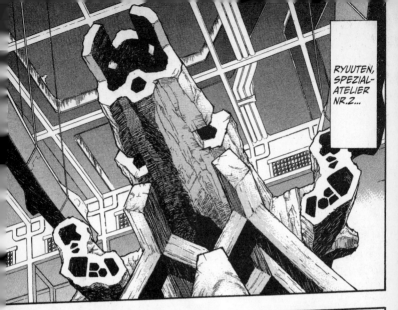

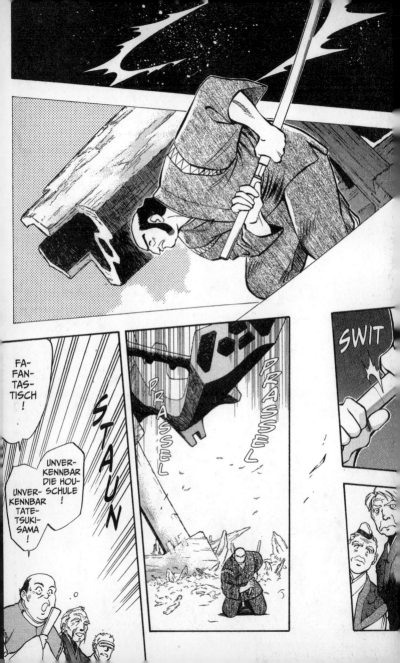

UPS, SO EIN PECH!

TATETSUKI WILL ASAHI DOCH UNVERLETZT.

SIE IST OHNMÄCHTIG, ABER SIE SCHEINT NICHT VERLETZT ZU SEIN.

MIR GEHT'S GUT...

ABER WAS IST MIT ASAHI?!

AEKA-SAN, BIST DU IN ORDNUNG?

GRRR!!

DA-DAS IST... EIN... EIN GAGYUU!!

WAS IST?

WA-SHU-CHAN!

ICH DACHTE, SIE WAREN AUSGEROTTET WORDEN... EINE FEHLINFORMATION, SCHEINT MIR.

OHO... EIN GAGYUU, WIE UNGEWÖHNLICH!

»NORMALERWEISE SIND SIE GEWÖHNLICHE HUMANOIDEN, DOCH WENN SIE SICH VERWANDELN, KÖNNEN SIE EXTREME KRÄFTE FREISETZEN!«

GAGYUUS...

Enzyklopädie seltener Aliens

GOUKEI-SAN ...!

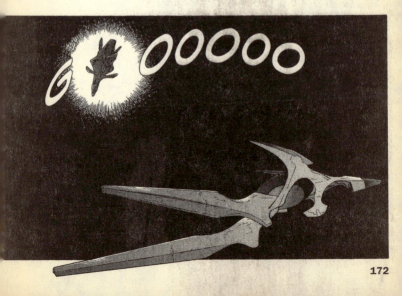

... ICH BEREUE NICHTS.

WELCH BEFRIEDIGUNG, SICH MIT DIESEN HELDEN ZU SCHLAGEN ...

HECHEL

KATSUHITO MASAKI, UND JETZT GOUKEI ...

...

GOOO

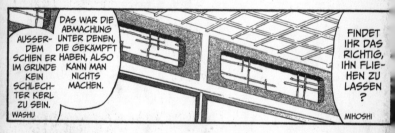
AUSSERDEM SCHIEN ER IM GRUNDE KEIN SCHLECHTER KERL ZU SEIN.

DAS WAR DIE ABMACHUNG UNTER DENEN, DIE GEKÄMPFT HABEN, ALSO KANN MAN NICHTS MACHEN.

WASHU

FINDET IHR DAS RICHTIG, IHN FLIEHEN ZU LASSEN?

MIHOSHI

TENCHI, KOMM MAL KURZ ...!

WIR HABEN IHM GESAGT, DASS WIR NACH RYUUTEN UNTERWEGS SIND, ALSO WIRD ER UNS BIS DAHIN BESTIMMT NICHT MEHR ANGREIFEN.

BIS WIR IN RYUUTEN SIND, SOLLTEST DU DICH AUSRUHEN.

ACH JA? GOUKEI-SAMA HAT UNS GEHOLFEN?

GENAU. ES IST BESSER, WENN DU IM BETT BLEIBST.

CARLSEN COMICS
Deutsche Ausgabe/German Edition
1 2 3 4   05 04 03 02
© Carlsen Verlag • Hamburg 2002
Aus dem Japanischen von Antje Bockel
Tenchimuyo! Ryououki vol. 4
© Hitoshi Okuda © AIC/PIONEER LDC INC. 1996
Originally published in Japan in 1996 by
KADOKAWA SHOTEN PUBLISHING Co., Ltd..
German translation rights arranged with
KADOKAWA SHOTEN PUBLISHING Co., Ltd.,
Tokyo through TOHAN CORPORATION, TOKYO.
Redaktion: Jonas Blaumann
Lettering: LetterFactory
Herstellung: Winnie Schwarz
Druck und buchbinderische Verarbeitung:
Norhaven Paperback A/S (Viborg/Dänemark)
Alle deutschen Rechte vorbehalten
ISBN 3-551-75554-X
Printed in Denmark

www.carlsencomics.de

Hallo liebe Tenchi-Leser!

An dieser Stelle wollen wir euch noch mal die Vorgeschichte zu unseren vier bisherigen Manga ein bisschen näher bringen. Wie ihr ja schon wisst, schließen unsere Manga an die OVA-Serie an. Hier ist eine kleine Zusammenfassung der Folgen 5 und 6

5. Folge

Mittlerweile streiten sich Aeka und Ryoko immer mehr um Tenchis Gunst, und die hübsche Mihoshi kann auch nicht anders, als für Tenchi zu schwärmen, der sie doch nach dem Absturz gerettet hatte. Doch dann taucht der böse Kagato auf. Er schnappt sich Ryoko und besiegt erst Mihoshi und dann Tenchi. Doch Tenchis Opa, Katsuhito, der sich als Aekas verschollener Verlobter Yosho entpuppt, schlägt Kagato in die Flucht. Yosho erklärt Aeka, dass er sie nicht heiraten konnte, weil seine Mutter von der Erde stammte. Jetzt sei er zu alt, aber sie solle doch Tenchi zum Mann nehmen. Tenchi allerdings will zuerst Ryoko retten. Sie verfolgen Kagato mit Ryo-Oki, doch nach der ersten Schlacht sieht es so aus, als hätte Kagato Tenchi getötet. Ryoko, die fliehen konnte, schwört Rache.

6. Folge

An Bord von Kagatos Schiff entbrennt ein erbitterter Kampf zwischen Aeka, Ryoko und Kagato. Tenchi, der natürlich

doch nicht tot ist, wurde von Tsunami, dem mächtigsten Schiff de
Jurai-Flotte, gerettet und greift später auch in den Kampf ein
Mihoshi, die von Kagatos Macht abgelenkt wurde, befreit Washu
das selbsternannte größte Genie des Universums. Sie hat Kagato
Schiff gebaut, und kennt seine Schwachstellen. Mit Hilfe von Was
hu, die Ryoko, Aeka und Mihoshi schützt, kann Tenchi nach lan
gem Kampf glücklicherweise Kagato und sein Schiff in der Mitt
spalten. Nachdem alle wieder auf der Erd
sind, deutet Washu an, dass sie Ryoko
Mutter sei. Sie bleibt natürlich auch be
Tenchi.

Ab hier beginnt die Geschichte, wi
ihr sie in unseren Manga lesen könnt.

Viele Grüße,
euer »Tenchi Muyo!«-Team

HALT!

Dieser Comic beginnt nicht auf dieser Seite. TENCHI MUYO! ist ein japanischer Comic. Da in Japan von »hinten« nach »vorne« gelesen wird und von rechts nach links, müsst ihr auch diesen Comic auf der anderen Seite aufschlagen und von »hinten« nach »vorne« blättern. Auch die Bilder und Sprechblasen werden von rechts oben nach links unten gelesen, so wie es die Grafik hier zeigt.

Schwer? Zuerst ungewohnt, doch es bringt richtig Spaß. Probiert es aus! Viel Spaß mit TENCHI MUYO!